OSCAR WILDE

EL GIGANTE EGOÍSTA

ILUSTRADO POR
S. SAELIG GALLAGHER

EDITORIAL EVEREST, S. A.

Colección dirigida por Raquel López Varela

Título original: *The Selfish Giant*

Traducción: Úrsula R. Hesles

Traducción cedida por Ediciones Gaviota, S. L.

CUARTA EDICIÓN

Copyright © EDITORIAL EVEREST, S. A.
Illustrations Copyright © 1995 by S. Saelig Gallagher
Carretera León-La Coruña, km 5 - LEÓN
ISBN: 84-241-3360-9
Depósito legal: LE. 147-2006
Printed in Spain - Impreso en España

EDITORIAL EVERGRÁFICAS, S. L.
Carretera León-La Coruña, km 5
LEÓN (España)
Atención al cliente: 902 123 400
www.everest.es

Para Kate – S. G.

Todas las tardes, al volver de la escuela, los niños iban a jugar al jardín del Gigante.

Era un precioso y extenso jardín, con suave y verde césped. Por aquí y por allá brotaban hermosas flores que parecían estrellas sobre la hierba, y había doce melocotoneros que, en primavera, se cubrían con delicadas flores de colores nacarados, y en otoño daban abundantes frutos. Los pájaros, posados en las ramas de los árboles, cantaban tan dulcemente que los niños interrumpían sus juegos para escucharlos.

—¡Qué felices somos aquí! —se gritaban unos a otros.

Un día volvió el Gigante. Había ido a visitar a su amigo el Ogro de Cornualles, y se había quedado con él siete años. Al cabo de los siete años, había dicho todo lo que tenía que decir, pues su conversación era limitada, y decidió regresar a su propio castillo. Cuando llegó, vio a los niños que jugaban en el jardín.

—¿Qué estáis haciendo aquí? —gritó con voz muy áspera, y los niños escaparon corriendo—. Mi jardín es mío y sólo mío —dijo el Gigante—. Todo el mundo tiene que entenderlo, y no permitiré que nadie más que yo juegue en él.

Así que levantó una tapia muy alta alrededor del jardín y puso un letrero:

PROHIBIDO EL PASO
BAJO PENA
DE MULTA

Era un gigante muy egoísta.

Los pobres niños no tenían ahora dónde jugar. Intentaron jugar en la carretera, pero era polvorienta y estaba llena de pedruscos, y a ellos no les gustaba. Cogieron la costumbre de vagabundear alrededor de las altas tapias cuando salían de la escuela, y entonces hablaban del hermoso jardín que había detrás de ellas.

—¡Qué felices éramos allí! —se decían unos a otros.

Después llegó la primavera y hubo florecillas y pajarillos por todas partes. Sólo en el jardín del Gigante egoísta era aún invierno.

A los pájaros no les apetecía cantar en él porque no había niños, y los árboles se olvidaron de florecer.

En una ocasión, una hermosa flor asomó la cabeza fuera del césped, pero cuando vio el letrero, le dio tanta pena de los niños, que se metió de nuevo en la tierra y se puso a dormir.

Los únicos que estaban satisfechos eran la nieve y la escarcha.

—La primavera se ha olvidado de este jardín —exclamaban—, así que viviremos aquí el año entero.

La nieve cubrió el césped con su gran manto y la escarcha pintó de plata todos los árboles.

Entonces invitaron al viento del Norte a que se quedara con ellos, y él acudió. Iba vestido de pieles y bramaba todo el día por el jardín, derribando chimeneas.

—Éste es un sitio delicioso —decía—; tenemos que pedirle al granizo que venga a visitarnos.

Y el granizo acudió. Cada día, durante tres horas, repiqueteaba en el tejado del castillo hasta que rompió la mayor parte de las tejas de pizarra, y luego corrió por todo el jardín tan deprisa como pudo. Iba vestido de gris y su aliento era como el hielo.

—No entiendo por qué viene tan retrasada la primavera —decía el Gigante egoísta, asomado a la ventana y mirando a su frío y blanco jardín—. ¡Esperemos que cambie el tiempo!

Pero la primavera no llegaba nunca, ni tampoco el verano.

El otoño llevó frutos dorados a todos los jardines, pero ninguno al jardín del Gigante.

—Es demasiado egoísta —decía el otoño.

Y siempre era invierno allí, y el viento del Norte, y el granizo, y la escarcha, y la nieve danzaban entre los árboles.

Una mañana, el Gigante estaba despierto, tumbado en la cama, cuando oyó una música deliciosa. Sonaba tan melodiosamente en sus oídos que pensó que debían de ser los músicos del rey que pasaban por allí.

En realidad, era sólo un pardillo que cantaba fuera, cerca de su ventana, pero hacía tanto tiempo que el Gigante no había oído cantar a un pájaro en su jardín, que aquello le pareció la música más hermosa del mundo. Entonces el granizo dejó de saltar sobre su cabeza, y el viento de Norte dejó de bramar, y un perfume exquisito llegó hasta él a través de la ventana abierta.

—Creo que por fin ha venido la primavera —dijo el Gigante.

Y saltó de la cama y miró afuera.

¿Y qué vio?

Pues vio un espectáculo maravilloso. A través de un pequeño agujero en la tapia, se habían colado los niños y estaban en-
caramándose a las ramas de los árboles.

En cada árbol había un chiquillo. Y los árboles estaban tan
contentos de que hubieran vuelto los niños, que se habían cu-

bierto de flores y agitaban sus ramas dulcemente sobre las cabezas de los pequeños. Los pájaros revoloteaban alrededor y gorjeaban de felicidad, y las flores aparecían entre el verde césped y reían. Era una escena encantadora.

Sólo en un rincón seguía siendo invierno.

Era el rincón más alejado del jardín, y allí había un niño muy pequeño. Era tan pequeño que no llegaba a las ramas de los árboles, y daba vueltas alrededor, llorando con amargura.

El pobre árbol estaba aún cubierto de escarcha y nieve, y el viento del Norte soplaba y rugía por encima de él.

—¡Aúpa, pequeñín! —decía el árbol, y le alargaba sus ramas tan abajo como podía, pero el niño era demasiado pequeño.

Y el corazón del Gigante se enterneció al mirar afuera.

"¡Qué egoísta he sido!", se dijo. "Ahora comprendo por qué la primavera no quería venir aquí. Voy a poner a ese pobre pequeñuelo en lo alto del árbol, y luego derribaré la tapia, y mi jardín será el lugar de recreo de los niños."

Estaba arrepentido de veras de lo que había hecho.

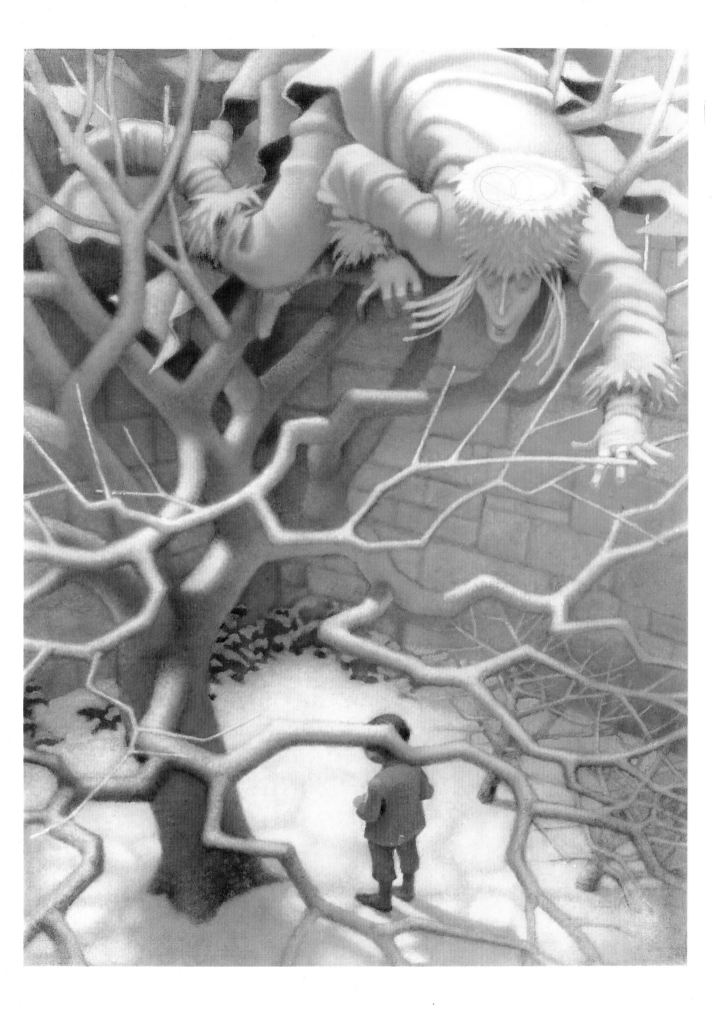

Así que bajó sigilosamente las escaleras, abrió la puerta de entrada con suavidad y salió al jardín. Pero, cuando lo vieron, los niños se asustaron tanto, que salieron todos corriendo, y el jardín se puso invernizo de nuevo.

Sólo el niño pequeño no huyó, porque tenía los ojos tan llenos de lágrimas que no vio acercarse al Gigante. Éste avanzó con cuidado por detrás y lo levantó cariñosamente con sus manos hasta lo alto del árbol. Y el árbol floreció en el acto, y vinieron los pájaros y cantaron en él, y el pequeñín extendió los brazos y se los echó al cuello al Gigante, y lo besó.

Cuando los otros niños vieron que el Gigante ya no era malo, volvieron corriendo y con ellos llegó la primavera.

—Desde ahora éste es vuestro jardín, pequeñines —dijo el Gigante, y cogió un hacha grande y echó la tapia abajo.

Y cuando la gente fue al mercado a mediodía, contemplaron al Gigante jugando con los niños en el jardín más hermoso que habían visto jamás.

Jugaron todo el día y, al anochecer, fueron a decirle adiós al Gigante.

—Pero, ¿dónde está vuestro compañerito? —les preguntó—, ¿el niño que subí al árbol?

El Gigante lo quería más que a ninguno, porque el niño le había dado un beso.

—No sabemos nada —respondieron los niños—, se ha ido.

—Decidle que venga mañana sin falta —dijo el Gigante.

Pero los niños dijeron que no sabían dónde vivía y que no lo habían visto nunca antes.

Y el Gigante se puso muy triste.

Todas las tardes, cuando acababa la escuela, los niños iban a jugar con el Gigante. Pero el pequeñín al que tanto amaba no apareció jamás.

El Gigante seguía siendo muy amable con los niños, pero echaba de menos a su primer amiguito, y hablaba de él con frecuencia.

—¡Cómo me gustaría verlo! —solía decir.

Pasaron los años y el Gigante se volvió muy viejo y muy débil. Ya no podía jugar, así que se sentaba en un sillón enorme a mirar los juegos de los niños, y mientras tanto admiraba su jardín.

"Tengo muchas flores hermosas", se decía, "pero no hay flores tan hermosas como los niños".

Una mañana de invierno miraba por la ventana mientras se estaba vistiendo. Ya no odiaba al invierno, pues sabía que era simplemente que la primavera dormía y que las flores descansaban.

De repente, se frotó los ojos asombrado y miró con atención. Era ciertamente una visión maravillosa. En el rincón más alejado del jardín había un árbol completamente cubierto de preciosas flores blancas. Sus ramas eran doradas, frutos plateados colgaban de ellas, y debajo estaba el pequeñín al que tanto amaba.

El Gigante bajó las escaleras alborozado y salió al jardín. Atravesó el césped a toda prisa y llegó junto al niño. Y cuando estuvo muy cerca, se le puso la cara roja de indignación:

—¿Quién se ha atrevido a herirte? —le dijo.

Pues en las palmas de las manos del niño, había huellas de dos clavos, y las huellas de dos clavos estaban también en sus piececitos.

—¿Quién se ha atrevido a herirte? —gritó el Gigante—. Dímelo, que cojo mi espada y lo mato.

—No —respondió el niño—, éstas son las heridas del amor.

—¿Quién eres? —dijo el Gigante, y un extraño temor se apoderó de él, haciéndole caer de rodillas delante del pequeñuelo.

El niño sonrió al Gigante y le dijo:

—Tú me dejaste una vez jugar en tu jardín; hoy vendrás conmigo a mi jardín, que es el Paraíso.

Y cuando los niños llegaron corriendo aquella tarde, encontraron al Gigante tendido bajo el árbol, muerto, y todo cubierto de flores blancas.